CASILDA

LA BOHÉMIENNE,

GRAND-OPÉRA EN 4 ACTES ET 6 TABLEAUX,

MUSIQUE DE

S. A. R. Mgr. le Duc-Régnant de Saxe-Cobourg-Gotha,

PAROLES IMITÉES DE L'ALLEMAND DE TENELLI,

ET APPROPRIÉES A LA SCÈNE FRANÇAISE PAR

GUSTAVE OPPELT,

DÉCORÉ DE LA CROIX DE MÉRITE, AFFILIÉE A L'ORDRE DE LA MAISON DUCALE ERNESTINE.

Mise en scène de M. AUGUSTIN VIZENTINI, Directeur de la scène.

Représenté pour la première fois au Théâtre Grand-Ducal de Gotha, le 23 Mars 1851; — au Théâtre Impérial de Vienne, le 18 Août, — au Théâtre Royal de l'Opéra à Berlin, le 16 Novembre 1851; — au Théâtre Royal de l'Opéra, à Londres, le 12 Août 1852; — et au Théâtre Royal de Bruxelles, le 14 Avril 1852, où la reprise a eu lieu le 24 Janvier 1853.

(Propriété de l'Auteur des Paroles Françaises.)

PARIS,

Chez MM. BRANDUS et Cie, 1, rue de Richelieu. — Chez Mme veuve LAUNER, 14, Boulevard Montmartre.
Chez MM. ESCUDIER, 102, même rue. — A la Librairie Nouvelle, 15, Boulevard des Italiens

A BRUXELLES :
Chez LELONG, r. desPierres, 46, et au Théâtre Royal.
Chez TARRIDE, libraire, 8, rue l'Écuyer.
Au *Moniteur des Théâtres* de Bruxelles.

A LONDRES,
Chez BELLIZARD, BARTHES et LOWELL.

A VIENNE,
Chez F. GLOEGGL, éditeur de musique.

A LEIPZIG,
Chez WHISTLING, éditeur de musique.

A MILAN,
Chez RICCORDI, éditeur de musique.

1853.

CASILDA

LA BOHÉMIENNE.

CASILDA

LA BOHÉMIENNE,

GRAND-OPÉRA EN 4 ACTES ET 6 TABLEAUX,

MUSIQUE DE

S. A. R. Mgr. le Duc-Régnant de Saxe-Cobourg-Gotha,

PAROLES IMITÉES DE L'ALLEMAND DE **TENELLI**,

ET APPROPRIÉES A LA SCÈNE FRANÇAISE PAR

GUSTAVE OPPELT,

DÉCORÉ DE LA CROIX DE MÉRITE, AFFILIÉE A L'ORDRE DE LA MAISON DUCALE ERNESTINE.

———

Mise en scène de M. AUGUSTIN VIZENTINI, Directeur de la scène.

———

Représenté pour la première fois au Théâtre Grand-Ducal de Gotha, le 23 Mars 1851; — au Théâtre Impérial de Vienne, le 18 Août 1851; — au Théâtre Royal de l'Opéra à Berlin, le 16 Novembre 1851; — au Théâtre Royal de l'Opéra, à Londres, le 12 Août 1852; — et au Théâtre Royal de Bruxelles, le 14 Avril 1852, où la reprise a eu lieu le 24 Janvier 1853.

———

(Propriété de l'Auteur des Paroles Françaises.)

PARIS,

Chez MM. BRANDUS et Cie, 1, rue de Richelieu. — Chez Mme veuve LAUNER, 14, Boulevard Montmartre.
Chez MM. ESCUDIER, 102, même rue. — A la Librairie Nouvelle, 15, Boulevard des Italiens.

A BRUXELLES :
Chez LELONG, rue des Pierres, 46, et au Théâtre Royal.
Chez TARRIDE, libraire, 8, rue l'Écuyer.
Au *Moniteur des Théâtres* de Bruxelles.

A LONDRES,
Chez BELLIZARD, BARTHES et LOWELL.

A VIENNE,
Chez F. GLOEGGL, éditeur de musique.
A LEIPZIG,
Chez WHISTLING, éditeur de musique.
A MILAN,
Chez RICORDI, éditeur de musique.

1853.

Les exemplaires voulus par la loi ont été déposés pour conserver à l'auteur ses droits sur les Théâtres de France et de Belgique, avec réserve du droit de traduction dans les pays qui ont traité avec ces deux États. — Les contrefacteurs seront poursuivis.

Bruxelles. — Typ. DETRIE-TOMSON, rue des Dominicains, 15.

En écrivant ces lignes je ne veux que satisfaire à un sentiment de profonde reconnaissance.

Je n'ai pas à faire ressortir la difficulté que présentait le travail que je publie aujourd'hui pour en excuser les imperfections. On sait généralement qu'une traduction d'opéra ne permet guère à l'auteur de châtier son style comme il le voudrait, ni même de le dégager en bien des endroits des longueurs et des embarras que toute traduction entraîne nécessairement après elle. Suivre fidèlement le compositeur et n'altérer en rien le texte original, telle est l'intention qui m'a guidé dans cette entreprise.

S. A. R. Mgr le Duc-Régnant de Saxe Cobourg-Cotha, aime les arts, et il leur a conservé un droit de cité auprès de son trône.

Pénétré de cette vérité que les Princes font la gloire des lettres et des arts, et que par un retour qui les honore, les lettres et les arts s'empressent de perpétuer d'âge en âge les actions des Princes, le Duc-Régnant a voulu s'associer à la généreuse protection, que leur accordaient ses aïeux, en leur rendant un culte public, que l'auguste compositeur regarde comme un devoir de continuer. Le succès remporté par *Casilda*, à Gotha, à Vienne, à Berlin, à Bruxelles, à Londres, partout enfin, lui a démontré de nouveau que les arts savent aussi remporter de glorieux triomphes, quel que soit le rang de ceux qui les cultivent : chaque jour les travaux, que la paix protége, viennent orner de palmes nouvelles le règne de celui qui, dans les trophées des victoires, les prodiges de l'industrie, et davantage encore peut-être dans les merveilles des arts, voit la vive image qui pare le front du Prince Artiste et de sa noble dynastie ; cette image n'annonce pas seulement le goût et la richesse des populations, elle atteste aussi leur force, leur puissance, et inspire toujours, et à tous, des sentiments d'affection, de dévoûment et de gratitude.

Cet humble hommage rendu à l'auguste auteur de *Casilda*, une conviction sincère seule l'a dicté, dans le but de donner une preuve de mon attachement constant et respectueux au Prince qui daigna si noblement récompenser mes efforts quand il m'écrivit cette lettre à la fois si bienveillante et si flatteuse, et que l'on me pardonnera de reproduire ici :

« *A Monsieur Gustave Oppelt, homme de lettres à Bruxelles.*

» Monsieur,

» J'ai parcouru avec un grand intérêt votre traduction des paroles de *Casilda*. N'ignorant pas que la
» langue française ne se prête que très difficilement à l'interprétation d'un poëme allemand, j'apprécie a
» sa juste valeur tout ce qu'il y a de méritant dans votre œuvre, et je vous félicite de votre heureux talent
» auquel je rends pleine justice.

» En vous remerciant de vos bonnes intentions et de toutes vos peines, je vous fais transmettre ci-joint
» la Croix du Mérite affiliée à l'Ordre de la Maison Ducale Ernestine dont je vous décore, en signe de
» ma satisfaction, ainsi que de l'estime et de la bienveillance particulière que je vous porte.

» Gotha, 8 mai 1852.   » Votre très affectionné,

» ERNEST,

» Duc Régnant de Saxe Cobourg et Gotha. »

Cette distinction, dont je suis fier, je dois en remercier aussi mon bon et loyal ami, le professeur Millenet, qui sous le pseudonyme de Tenelli est auteur d'un grand nombre d'ouvrages dramatiques, et qui a écrit, entr'autres, le libretto allemand de *Casilda* : le sillon était tracé, je n'ai eu qu'à le suivre. S. A. R. le Duc Régnant en nommant ces jours derniers son savant collaborateur Millenet, Conseiller de la Cour, a prouvé une fois de plus, par cet acte, que si la justice est le plus solide fondement des trônes et des empires, elle est aussi la protectrice puissante du talent.

Qu'il me soit permis d'adresser mes sincères remerciments à MM. Ch. Hanssens et Th. Letellier qui se sont succédés à la direction des Théâtres Royaux de Bruxelles, et ont facilité la représentation de *Casilda* ; ainsi qu'à tous les artistes qui se sont montrés les habiles interprètes de cet opéra.

Je me fais un devoir d'offrir un témoignage de ma reconnaissance à M. Augustin Vizentini, directeur de la scène, qui m'a si puissamment secondé dans l'accomplissement de cette mission. M. Vizentini par les soins et le talent qu'il a déployés en réglant pour cet ouvrage une mise en scène aussi exacte que de bon goût, a prouvé non seulement tout l'intérêt qu'il portait à *Casilda*, mais encore combien il était digne de la réputation qu'il s'est acquise à tant de titres au Grand-Opéra de Paris.

En raison du flatteur accueil que le public et la presse ont daigné faire à cet opéra, j'éprouve, plus que jamais le besoin de leur protection et de leur indulgence, au moment de la reprise de *Casilda*. Je me confie donc avec sécurité à leur bienveillante sollicitude ; puissent mes espérances n'être point trompées.

25 Janvier 1855.   Gustave OPPELT.

DÉDIÉ

A

S. M. Léopold 1er,

Roi des Belges.

DIVISION DE L'OUVRAGE.

1ᵉʳ *Tableau.* — **La Bohémienne.**	4ᵐᵉ *Tableau.* — **Le Départ.**
2ᵐᵉ *Tableau.* — **La Reine de la Fête.**	5ᵐᵉ *Tableau.* — **La Réparation.**
3ᵐᵉ *Tableau.* — **Le Secrêt.**	6ᵐᵉ *Tableau.* — **Les Fiançailles.**

DISTRIBUTION.

PERSONNAGES.	EMPLOIS.	ARTISTES.
DON LOUIS DE CALATRAVA, Gouverneur de Séville.	Baryton.	M. CARMAN.*
DONNA ANNA, sa femme	Soprano.	Mᵐᵉˢ { CABEL.* / A. LEMAIRE
ALPHONSE DE BERTADE, allié à la famille d'Anna.	Ténor.	M. BARBOT.*
GOMEZ, chef des Bohémiens	Basse.	M. MANGIN.*
CASILDA, jeune Bohémienne	Soprano.	Mᵐᵉ BARBOT.*
PEBLO, jeune paysan.	Ténor.	Mʳˢ { CLÉOPHAS.* / ÉMILE.
ROSITA, sa fiancée	Soprano.	Mˡˡᵉˢ { WILLÈME.* / D. MURAT.

Seigneur et Dames, Invités, Bohémiens, Paysans, Gardes, Serviteurs, Pages, etc.

L'action se passe à Séville et dans les environs, au XIIIᵐᵉ siècle.

DIVERTISSEMENT.

Danses réglées par **M. H. DESPLACES**, Maître de Ballet.

Premier Acte.
- 1° *EL ZERTZICO,* dansé par Mˡˡᵉˢ { Santi,* Cavallié* et Lavigne.* / E. Théleur, Cavallié et Bertin.
- 2° *L'ALDÉANA,* dansée par M. Desplaces et Mˡˡᵉˢ { Néaudot.* / Duriez.
- 3° *Final,* par les premiers sujets et le corps de ballet.

Quatrième Acte.
LA SÉVILLANAISE, par { MM. Dieul,* Tophoff,* Mˡˡᵉˢ Santi,* Cavallié,* Lavigne,* Bertin;* / MM. Wiethoff, Tophoff, Mˡˡᵉˢ E. Théleur, Cavallié, Bertin, Maria, / et tout le corps de ballet.

CASILDA LA BOHÉMIENNE.

ACTE PREMIER.

LA BOHÉMIENNE.

Le théâtre représente un camp de Bohémiens, dans une partie épaisse de la forêt et en vue de Séville. Des hommes, des femmes, des enfants, occupent la scène, les uns couchés sur des bancs de gazon, les autres debout et formant des groupes épars. Au lever du rideau, Casilda, assise au premier plan à droite, garnit une corbeille élégante ; — Gomez est à quelques pas d'elle, étendu sur une natte ; — Alphonse assis, au premier plan à gauche, sur une pierre couverte de mousse, semble réfléchir et promène un regard indifférent sur les groupes qui l'entourent.

SCÈNE PREMIÈRE.

CASILDA, GOMEZ, ALPHONSE, Bohémiens.

CHOEUR.

Le sommeil dans un doux songe,
A nos cœurs parle d'amour.
Que longtemps il se prolonge,
Trop tôt paraîtra le jour.

GOMEZ.
La forêt mystérieuse...
CASILDA et GOMEZ.
Nous charme quand vient le soir ;
CASILDA.
Sa grandeur silencieuse,
CASILDA et GOMEZ.
A nos âmes rend l'espoir.

CHOEUR.
Nous bravons le vent et l'orage,
Assis à l'ombre des taillis,
Et protégés par leur feuillage,
Rien ne trouble nos gais récits.

CASILDA.
Du rossignol la voix touchante,
Parmi les roseaux et les fleurs,
Glissant comme une ombre charmante,
Ranime la foi dans nos cœurs !

CHOEUR (*reprise*).
Le sommeil, etc.

ALPHONSE, *se levant*.
Bravo, mes amis ! vos voix remplissent
Tous les vallons...
Ils retentissent
De vos chansons.
(*S'approchant timidement de Casilda*.)
Si je l'osais... Mais non, j'hésite...
(*à Casilda*.)
Casilda, par vos doux accents,
Couronnez leurs hymnes, leurs chants,
D'une ballade favorite ?...

CASILDA.
Vous le voulez ! J'y consens.
Alphonse va prendre une mandoline, suspendue à un arbre,
au second plan, et la remet à Casilda.

ROMANCE.
1.
Un jour dans le cristal d'une onde transparente,
Isaure contemplait son image enivrante.
«—Comme toi, flot altier,—dit elle : —je veux fuir !
Le folâtre zéphir,
De ton souffle te berce,
Et caresse
Ton désir ! »
«—Bannis ma pauvre enfant une folle chimère !
Vois la splendeur des cieux,
La paix de ta chaumière
Tout ce qui te rend heureux
Se déroule à tes yeux ! »
«—Le bonheur luit pour moi sur la terre étrangère,
Adieu, ma mère...
Je fuis ces lieux !.....

2.
Elle part ! Mais bientôt quel est son trouble extrême...
Une voix, tendrement dit : « Isaure je t'aime !... »
Inquiète elle écoute, et rallentit le pas :
« Je suis l'ange qui console,
» Beau Lys, sur ta blanche corolle,
» J'inscris : ne m'oubliez pas ! »
Mais comment repousser et briser cette chaîne ?
La fleur résiste-t-elle au torrent qui l'entraîne !

Éphémère bonheur,
Pour son cœur...
Quand la feuille d'automne abandonnât le chêne,
Expira de douleur,
La pauvre fleur !...
Don Louis, qui depuis quelques instants a paru au fond
du théâtre et sans être aperçu des assistants, s'avance
et s'adresse à Casilda.

SCÈNE II.
LES MÊMES, DON LOUIS.

DON LOUIS.

C'est ravissant!... A merveille!...
Quel talent délicieux.
Vous entendre, séduit l'oreille;
Et vous voir charme les yeux.

ALPHONSE, GOMEZ *et le* CHOEUR (*avec crainte*).

Quel est cet étranger!...

DON LOUIS.

Crainte inutile...

A Casilda.

Votre charmante cantatille,
Seule, jusqu'à vous, attira
Don Louis de Calatrava,
Le gouverneur de Séville.

TOUS.

Le gouverneur de Séville!

Tous les Bohémiens se lèvent, saluent respectueusement et
se retirent peu à peu et en silence.

SCÈNE III.

GOMEZ, CASILDA, DON LOUIS, ALPHONSE.

DON LOUIS, *saluant Casilda*.

Je bénis un heureux hasard.

CASILDA, *s'inclinant et confuse*.

Monseigneur est trop bon...

DON LOUIS.

Non, c'est vous rendre hommage.
Pour entendre un avis qu'ici chacun partage,
Pourquoi baisser ce doux regard?

CASILDA *et* DON LOUIS.

Mon | maître c'est la nature.
Son |
Elle enseigne aux êtres divers,
Au gai ruisseau qui murmure,
A l'aigle qui fend les airs.

ALPHONSE *et* GOMEZ, *à part, regardant
Don Louis*.

Son langage me torture,
Chaque mot est un trait amer...
Cachons le mal que j'endure
Car son œil lance l'éclair.

DON LOUIS, *à Casilda*.

On prépare au palais une fête éclatante!
Les plaisirs se croisant dans leur sphère brillante
Offriront un magique réseau...
Vous y viendrez, et charmante,
Vous en serez le joyau?..

GOMEZ, *bas à Casilda*.

Refuse!... Quelle erreur est la sienne...
Les lambris couvrent le malheur!
Et que ferais-tu, bohémienne,
A la cour d'un grand seigneur!

ALPHONSE, *à Casilda*.

Le talent orne, éclaire,
Le palais et la chaumière;
Ne crains rien, je serai près de toi.

GOMEZ, *à Alphonse*.

Je te croyais un frère!...
Redoute ma colère...

A part.

Tout maintenant conspire contre moi.

CASILDA.

La gloire qui m'est chère
De son flambeau m'éclaire!

A Don Louis.   A Alphonse.

J'accepte, Monseigneur... Alphonse suivez-moi..

DON LOUIS.

Je me retire!... A bientôt, je l'espère...

ENSEMBLE.

(*Reprise*).

CASILDA.

C'est entendu!... Alphonse, suivez moi...
La gloire, etc.

ALPHONSE.

Le talent, etc.

GOMEZ.

Je le croyais, etc.

CASILDA, *à Don Louis*.

Oui, Monseigneur, comptez sur moi...

(On entend un son de cor dans la coulisse.)

DON LOUIS.

Le cor résonne,

C'est le signal... Je pars!...

GOMEZ, *à part, regardant Casilda*.

Ah! quel tourment.

DON LOUIS, *à Gomez*.

Veuillez m'accompagner?

GOMEZ, *s'inclinant*.

A part.

Je vous suis... Le sort l'ordonne!

CASILDA *et* ALPHONSE, *à Don Louis*.

Au revoir, Monseigneur!

CASILDA, *à Alphonse*.

Nous partons à l'instant.

Don Louis sort suivi de Gomez; Casilda les accompagne
jusqu'au fond du théâtre, puis revient échanger quelques
mots avec Alphonse et s'éloigne par la droite.

SCÈNE IV.

ALPHONSE, *seul*.

ALPHONSE.

Je vais la revoir!... Moment d'ivresse!
Je pourrai donc, avec tendresse,
Loin des regards jaloux,
L'implorer à genoux,
Lui révéler combien je l'aime!
Que de pleurs mon amour sème
Pour obtenir ce trésor,
Ma Casilda, fleur au calice d'or!...

AIR.

Brillante sur sa tige, en ce lieu solitaire,
A l'ombre des forêts, sous la garde des cieux,

Sans crainte des autans, croît la fleur éphémère,
Cet ange, objet de tous mes vœux !...
    Mon ange, à toi je m'abandonne !..
    Viens, parais à mes yeux ravis.
    Je t'appelle du nom qu'on donne
    Aux saints élus du paradis !
    T'aimer, c'est l'espoir qui m'énivre :
    Pleurs au départ, joie au retour;
        T'aimer c'est vivre !
    Mon bonheur est dans ton amour !

SCÈNE V.

ALPHONSE, CASILDA, GOMEZ, *au fond.*

Casilda entre par la droite et va vers Alphonse qui la
presse tendrement sur son cœur — Gomez est au fond
du théâtre, il écoute et ne se montre qu'à la fin de la
scène.

ALPHONSE, *à Casilda.*

    Nous sommes seuls... Je brave
        Tout indiscret.
    D'un amant, ton esclave,
        Dicte l'arrêt ?..
      Pour que ton rêve
      Enfin s'achève
    Ton chant fit-il cet aveu :
« Le bonheur luit pour moi sur la terre étrangère,
    » Ma mère, adieu ! »

CASILDA.

    L'espérance radieuse,
    Tendre image de ma foi,
    Comme une onde lumineuse
    Ne prend sa source qu'en toi !

ALPHONSE.

    Moi, poursuivi par le doute,
    J'étais rêveur en chemin.
    Mais Dieu plane sur ma route
    Car tu m'as tendu la main.

ENSEMBLE.

CASILDA *et* ALPHONSE.

    Astre, rayon d'espérance,
    Tous deux implorons les Cieux !
    Tu partages ma croyance,
    Ton cœur se lit dans tes yeux !

GOMEZ, *à part.*

    Assailli par la souffrance,
    Mon bras va s'armer contr'eux.
    Ma colère, ma vengeance,
    Retomberont sur tous deux.
    (A la fin de cet ensemble, *Gomez* se montre.)

FINAL.

CASILDA, *apercevant Gomez.*

Quoi ! déjà de retour ?

GOMEZ, *avec ironie.*
    Tu le vois...
    CASILDA.
        Que l'on prépare
Mes hardes, mes chevaux !
    GOMEZ.
        Tout est prêt.
Mais quel empressement bizarre...
Peu d'instans suffiront pour franchir la forêt !
    CASILDA.
A quoi bon retarder ?..
    GOMEZ.
        Ah ! redis-nous de grâce,
Le final de cet air que tu chantes si bien ?
    ALPHONSE, *à Gomez.*
Mais tu l'a entendu...
    CASILDA, *avec impatience.*
        L'importunité lasse !
    GOMEZ.
Alors je vais chanter cette strophe à ta place.
Puisse-t-elle à ton cœur, parler ainsi qu'au mien :
. . . .

    (Sur l'air de la romance de Casilda).

« — Jeune fille souvent abandonne sa mère,
Le cœur gros de soupirs, le regard éperdu...
Puis revient; mais hélas ! son âme sur la terre
Pour bénir ce retour ne l'a pas attendu.
    A genoux, en prière,
    La pauvre enfant appelle en vain...,
    Demandant à sa mère
    Le baiser du matin. »

CASILDA, *à Gomez.*

Le sombre ennui que ton amour irrite,
Qui de l'hymen corrompait les douceurs.
Même en ces lieux me poursuit et m'agite,
J'ai découvert tes factices douleurs.
    Je vais dévoiler le mystère
    Que je recouvrais d'un bandeau...
    C'est en vain que ton âme espère
    Éteindre un céleste flambeau !
Ici ton cœur s'arme contre lui-même !
    Ne tente plus un fol appel...
Car malgré toi, c'est Alphonse que j'aime
    (Prenant la main d'Alphonse)
Près de lui je trouve le Ciel !...

ENSEMBLE.

ALPHONSE, *à Casilda.*

Femme adorée, ô toi mon bien suprême,
    J'en fais le serment solennel,
Si Casilda m'aime comme je l'aime,
    Notre amour doit être éternel !

CASILDA.

Ici son cœur, etc.

GOMEZ.

Qu'ai-je entendu ?.. Quel est mon trouble extrême
    J'entends gronder un Dieu cruel !
Si dans ce jour je perds tout ce que j'aime
    Mon bras deviendra criminel !

SCÈNE VI.

LES MÊMES. — BOHÉMIENS ET BOHÉMIENNES.

(Ils entrent de divers côtés)

CHOEUR.
Quoi, Casilda, pour nous serait perdue ?

CASILDA.
Je reviendrai ! Je ne vous quitte pas...

GOMEZ, *au Chœur.*
Sa voix l'ordonne et doit être entendue.
Jusqu'au rocher qui borde l'avenue.
Suivons ses pas.

REPRISE DE L'ENSEMBLE.

CASILDA.
Ici son cœur, etc.

ALPHONSE.
Femme adorée, etc.

GOMEZ.
Qu'ai-je entendu, etc.

CHOEUR.
Alors qu'un tendre orgueil t'enivre
Entends notre hymne des adieux,
Hélas ! nous ne pouvons te suivre
Dans les palais, sous d'autres cieux !
Casilda, notre reine, ah ! reçois nos adieux !

(*Casilda* met son manteau, tout le monde se dispose à la
suivre. — La toile baisse.)

FIN DU PREMIER ACTE

ACTE DEUXIÈME.

LA REINE DE LA FÊTE.

Le théâtre représente une riche galerie ouverte sur des jardins illuminés dans le palais du gouverneur de Séville.
Tout est disposé pour une fête somptueuse et brillante.

SCÈNE PREMIÈRE

DONNA ANNA, *seule.*

DONNA ANNA.
J'ai pu quitter cette foule joyeuse,
Don Louis, mon époux, s'abandonne au bonheur.
Je veux paraître heureuse,
Pour lui !... Mais rêveuse,
A cette fête, si ma bouche est rieuse,
De tristes souvenirs assombrissent mon cœur...

AIR.
Je vois la conche d'agonie,
Alphonse, où je t'ai tant pleuré,
Lorsqu'à ta tendresse ravie,
De moi, le sort t'a séparé.
Foyer dont on éteint la flamme,
Jetant tous ses rayons épars,
J'ai vu tous les feux de mon âme
Briller d'amour dans ses regards.
Pour être unis, peine inutile,
Soins superflus, vains efforts !...
Brisée ainsi qu'un luth fragile
Sons de trop frémissants accords ;
Pris du bonheur lorsque j'arrive,
Je vois l'espoir s'anéantir...
Déjà l'esquif touche la rive...
Je vois le port s'évanouir !

Donna Anna va s'asseoir près d'une fenêtre à gauche. —
Peu d'instants après entrent, par la droite et par le fond,
de nombreux invités qui présentent à Donna Anna des
fleurs et des présents.

SCÈNE II.

DONNA ANNA. — LES INVITÉS.

LE CHOEUR.
Célébrons l'anniversaire,
De cet hymen fortuné...
Aux deux époux, pour se plaire,
Le Ciel semble avoir donné,
Tout le bonheur de la terre
Par leur amour couronné.

SCÈNE III.

LES MÊMES. — DON LOUIS.

Don Louis entre accompagné de quelques pages portant
également des cadeaux.

DONNA ANNA, *aux invités.*
Que de présents, de fleurs nouvellement écloses !

DON LOUIS, *à Donna Anna.*
De ta beauté s'exhale chaque jour,
Tous les parfums d'un parterre de roses...
(Montrant les invités.)
Et comme eux, je dis : C'est l'amour !

DONNA ANNA, *souriant.*
Vraiment c'est par trop de galanterie...
Pour un mari... Messieurs, qu'en dites-vous ?

CHOEUR.
Qui peut de l'étoile jolie
Nier l'éclat qu'elle répand sur nous.

DON LOUIS.

Et d'une étoile à la blonde auréole ;
Je vais vous montrer le symbole.

DONNA ANNA, *à Don Louis.*

L'étoile de Vénus ?..

DON LOUIS, *à Donna Anna.*

Ce serait vous !.. C'en est une autre, ô mon idole !

DONNA ANNA, *l'interrompant et souriant.*

Soit ; c'est un astre de plus...

(Un page vient annoncer à Don Louis l'arrivée des étrangers.)

DON LOUIS.

Oui bientôt ses rayons vont percer le nuage...
C'est un joyau du firmament des arts.
Dix-huit printemps forment son âge ;
Elle éblouit tous les regards !
Gracieuse autant que jolie
Vous allez voir la Casilda...
Ma fête est par elle embellie,
Car elle paraît : la voilà !

(A ce moment *Casilda* se montre au fond. *Don Louis* va lui offrir la main et la conduit sur le devant de la scène.)

CHOEUR, *allant au-devant de Casilda.*

Par nous qu'elle soit accueillie,
La belle enfant de la Sierra.

SCÈNE IV.

LES MÊMES. — CASILDA, GOMEZ, ALPHONSE.

CASILDA.

Pardonnez-moi, je suis confuse,
Dans un monde nouveau pour moi...
Bohémienne au palais d'un roi,
Mon sort obscur est mon excuse !...

DONNA ANNA.

Que d'attraits !
Ne craignez rien, votre présence
Vient ici combler notre espérance,
Mais peut-on, sans trop d'exigence
Savoir quels sont vos compagnons ?

CASILDA, *montrant Gomez.*

Voici Gomez ; vigilante vedette
Il règne au camp et marche à notre tête,

DON LOUIS, *désignant Alphonse.*

Et celui-ci ?.. sa qualité ?.. ses noms ?

CASILDA.

C'est un ami fidèle !..
Il est mon doux seigneur,
Mon fiancé...

DON LOUIS, *avec dépit et à part.*

C'est avoir trop de bonheur.

DONXA ANNA *et* ALPHONSE, *à part.*

(Se regardant fixement tous les deux et cherchant à maîtriser leur émotion.)

Est-ce un rêve, une erreur cruelle...

Alphonse !.. } Contiens-toi, mon cœur !..
C'est Anna !.. }

CASILDA, *à part.*

Quel regard !.. Non... c'est impossible !..

Quel soupçon soudain vient me saisir !...
O mon Dieu ! dissipe un doute horrible,
Hélas ! il m'en faudrait mourir !

CASILDA, *s'inclinant devant Don Louis.*

Votre main, seigneur, que je la presse,
Du malheureux elle est l'appui...
Sitôt qu'elle s'étend sur lui
Il sent s'alléger sa détresse....

DON LOUIS, *la relevant.*

Charmante enfant ! Mais Casilda,
Veuillez céder à notre impatience,
Par vous que le plaisir commence.

CASILDA.

A vos vœux, monseigneur, Casilda souscrira.

ALPHONSE, *bas à Casilda.*

Cache bien le nom de mon père
Mes jours courent un grand danger !..

CASILDA, *revenant à peine de sa surprise.*

Dieu, quel regard !...

DON LOUIS, *à Casilda.*

Que voulez-vous chanter ?

CASILDA, *à Don Louis.*

Quel sujet peut vous plaire ?...

DON LOUIS, *à Donna Anna.*

C'est à vous de choisir.

DONNA ANNA, *aux invités.*

Votre choix....

CHOEUR.

C'est à vous qu'il doit appartenir !

DONNA ANNA, *réfléchissant.*

Que prendre ?..

CHOEUR.

Choisissez...

DONNA ANNA, *indécise.*

La douleur de l'absence.

CHOEUR.

Soit, la douleur de l'absence !

DONNA ANNA, *regardant Alphonse.*

Ou plutôt de l'amour un triste souvenir !..

CHOEUR, *à Casilda.*

Eh bien ! veuillez chanter l'amour et sa souffrance !..
Sur un pareil sujet comment improviser,
Vous que l'amour protège et comble d'espérance
Vous devrez y renoncer.

CASILDA, *après une pause.*

Je commence !

(Tout le monde se range en cercle autour de *Casilda* qui commence ainsi son improvisation) :

IMPROVISATION.

Il est de ces instants terribles pour le cœur,
Où la lyre s'endort, où le luth se repose,
Où les larmes du Ciel qui baignent une rose
En séchant par degré, n'humectent plus la fleur !
Espoir, bonheur, amour, esclaves de la vie,
Échos d'une voix infinie
S'éteignent avec la douleur !..
Je touchais à cet âge où l'âme inquiétée
S'étonne des transports dont elle est agitée...
L'amour déterminait son ascendant sur moi...
J'étais en son pouvoir, il m'imposait sa loi !..

2

Combien l'existence était belle!..
L'âme, passagère immortelle,
Caressait un amour si pur !
Comme au séjour de la prière,
Tout paraissait joie et lumière,
Dans un vaste océan d'azur...

   . . . .

   . . . .

O désespoir, celui que j'aime,
Bientôt trahit tous ses serments...
      Anathème!..
   Une autre a captivé ses sens!..
  Perfide, ma fureur est extrême!..
J'ai voulu te sauver en te donnant ma foi,
Mais cet amour était trop au-dessus de toi!..
    Tremble, frémis pour ma rivale...
    Entends mon cantique de mort...
    Mon désespoir que rien n'égale,
    S'arme par un suprême effort,
    Ce cri du cœur, terrible râle,
    Ici décrétera ton sort !
    Ma haine lui sera fatale,
    Dieu m'anime d'un saint transport !

   . . . .

Hélas! j'apprends à vous connaître,
De l'avenir songes flatteurs...
Qu'espérer du jour qui va naître,
Quand celui-ci n'a que des pleurs.
    Dans le ciel le plus sombre,
    Il suffit au réveil
    D'un rayon de soleil
    Pour dissiper toute ombre.
    Veillant sur son bonheur,
    L'amour épie, écoute,
    Un signe, un mot railleur,
    Un regard qu'on redoute,
    Réalisent le doute
    Et vous brisent le cœur !

   . . . .

Ah! d'un amour coupable
Le ciel, l'enfer, tout veut la fin,
De ton crime ineffaçable,
Vois le juge impitoyable !
Tu cries : grâce! mais en vain !

   . . . .

L'orage est sur ta tête
Ma vengeance s'apprête !
Ma fureur, que rien n'arrête,
De deuil couvre cette fête
En mutilant ton sein!...

(Pendant toute cette scène improvisée, Casilda semble s'inspirer en regardant tour à tour Alphonse et Donna Anna. — A la fin de son improvisation elle saisit le poignard qu'elle porte à la ceinture et va se précipiter sur Donna Anna, mais le fer lui échappe des mains, elle recule épouvantée et se laisse tomber dans les bras d'Alphonse.

    CHŒUR, *s'adressant à Casilda.*

Ange ou démon, sûre de plaire,
Qui peut vous entendre et se taire?..
Ici vous régnez à la fois
Sur nos cœurs et sur notre scène,

En fée, arbitre souveraine,
Par le cœur, la grâce et la voix !
DON LOUIS, *s'approchant de Casilda et lui offrant
un écrin.*

A vous qu'on chérit, qu'on aime,
J'offre pour prix de ce chant,
Les perles d'un diadème
Pour les perles du talent.
    CASILDA, *un peu confuse.*

Monseigneur, mon humble gloire
Grandit dans ces salons dorés,
Car les signes de ma victoire
Par vous m'ont été conférés !
    DONNA ANNA, *à Don Louis.*

Cher comte, après le chant la danse,
Chacun paraît la désirer!...
    DON LOUIS.

Écoutez, l'orchestre commence,
A l'instant on va s'y livrer.
    Boléro au fond du théâtre.

(*Don Louis* offre la main à *Casilda* et la conduit dans les salons, ils sortent par la droite suivis de seigneurs et de dames. *Donna Anna* et *Alphonse* restent sur le devant de la scène, *Gomez* se cache derrière l'une des colonnes du premier plan, de manière à tout entendre. Pendant la scène qui va suivre quelques invités et les danseurs circulent dans les jardins, en vue du public.)

SCÈNE V.

ALPHONSE, DONNA ANNA, GOMEZ, *caché,*
INVITÉS AU FOND.

    DONNA ANNA, *à Alphonse avec agitation.*
    Parlez Alphonse?...
De vous j'implore un mot, une réponse...
    Oser ici porter vos pas!
    Si quelqu'un ici vous dénonce,
    Pour vous c'est le trépas.
    ALPHONSE.

Chère Anna, du mystère;
Le péril me poursuit,
Je le sais... mais j'espère,
Puisqu'un Dieu tutélaire
Jusqu'à vous m'a conduit !
    Cette nuit...
Dans le Parc... en silence...
Venez?.. Alphonse vous attendra.
    DONNA ANNA.

La nuit!.. Quelle imprudence!
    ALPHONSE.

Dieu sur vous veillera.
    DONNA ANNA, *avec crainte.*

L'œil indiscret d'un traître
Nous perdrait sans retour...
    ALPHONSE.

Par vous je puis renaître,...
C'est à vous de connaître,
Mon tourment, mon amour !
    ENSEMBLE.
    DONNA ANNA *et* ALPHONSE.

Bravons avec mystère

Le danger qui nous suit,
Puisqu'un Dieu tutélaire,
Tous les deux nous conduit.

DONNA ANNA.

Dans le Parc... Cette nuit!...

ALPHONSE, *lui baisant la main.*

Quand sonnera minuit!...

(Ils s'éloignent et sortent de deux côtés opposés; *Gomez* épie leur sortie, puis s'avance sur le devant du théâtre.)

SCÈNE VI.

GOMEZ, SEUL.

GOMEZ, *les regardant s'eloigner.*

Craignez le traitre!
De vos maux il se rit...
Il va paraître,
Quand sonnera minuit!

L'amour rendra ma haine insatiable...
Mon cœur sera cruel, impitoyable...
Je les verrai, pleins d'horreur et d'effroi!
Ils frémiront, et ce sera par moi!

SCÈNE VII.

GOMEZ, DON LOUIS, *rentrant par la droite.*

DON LOUIS.

Je te cherchais... (*à part*). L'occasion est bonne.

GOMEZ.

Pour vous servir, Monseigneur, me voilà!

DON LOUIS.

Rien que deux mots sur Casilda!
Tiens, prends!... Formons une alliance!...

(Lui jetant une bourse.)

Je promets de te protéger
Et de doubler la récompense,
A servir mes projets, si tu veux t'engager.

GOMEZ, *après un moment de silence.*

J'y consens! En silence,
Dans le Parc cette nuit,
Venez avec prudence,
Quand sonnera minuit!...

DON LOUIS.

En toi j'ai confiance...
Quand sonnera minuit,
Dans le Parc, en silence,
J'attendrai, cette nuit.

ENSEMBLE.

GOMEZ, *à part.*

O Casilda, toi que j'adore,
Source de mes malheurs,
La vengeance qui me dévore
Allume mes fureurs.

DON LOUIS.

L'espoir à mes yeux se colore
De riantes couleurs!
En vain contre mon cœur j'implore
L'hymen et ses douceurs.

SCÈNE VIII.

LES MÊMES, CASILDA, ALPHONSE, DONNA ANNA, INVITÉS, PAGES, ETC.

(Casilda entre par le fond, portée triomphalement sous un élégant baldaquin orné de roses, tous les invités entrent avec elle en chantant : *Vive Casilda! — Don Louis* va au-devant de *Donna Anna* qui entre par la droite; *Alphonse* entre par la gauche.

CHOEUR, *à Casilda montrant Donna Anna,*

L'héroïne de la fête
Avec nous, dans ce moment,
Célèbre votre conquète :
C'est la palme du talent!
Pour vous le banquet s'apprête,
Vous en serez l'ornement.

CASILDA.

Cet éclat qui m'environne,
Remplit mon cœur d'un doux émoi...
Le fleuron de ma couronne,
C'est votre bonté pour moi.

(Tout le monde se range des deux côtés du théâtre pour faire place à la danse.)

DIVERTISSEMENT.

(La danse terminée, tous les invités se lèvent et repètent le chœur ; pendant ce chœur on dispose tout pour le banquet.)

CHOEUR.

(*Reprise*).

L'héroïne, etc.

DON LOUIS, *montrant les tables dressèes et engageant les convives à prendre place.*

Et maintenant, à table !
D'un repas délectable
Déployez la splendeur!...
Que nos coupes s'emplissent!
Que les airs retentissent
Des accents du bonheur!...

(Tout le monde est placé).

DON LOUIS, *désignant Donna Anna.*

Buvons à la beauté si chère!...

(Désignant Casilda)

Amis, fètons les arts!...

CHOEUR, *de même.*

Buvons à la beauté si chère!
Amis, fètons les arts!...

ENSEMBLE.

ALPHONSE, CASILDA, DON LOUIS *et* DONNA ANNA, *à part.*

Mais cette nuit, je l'espère,
Dans l'ombre, dans le mystère,
Brilleront d'autres regards.

GOMEZ, *à part.*

Mais cette nuit je l'espère,
Éclatera ma colère,
Pour frapper tous les regards.

CHOEUR.

Amis, buvons à plein verre,
L'Alicante, le Madère!...
Buvons à l'honneur des Arts!

(Pendant tout ce final des pages ont à différentes reprises rempli les coupes.—La toile baisse.)

FIN DU DEUXIÈME ACTE.

ACTE TROISIÈME.

—

LE SECRÊT.

Le théâtre représente une allée solitaire du Parc dépendant des jardins du gouverneur. — Ça et là des massifs d'arbustes ; — au fond et à travers le feuillage on distingue l'illumination du Palais, où la fête commencée au 2e acte semble continuer, et laisse entendre une musique lointaine. — Il fait nuit.

SCÈNE PREMIÈRE.

CASILDA, GOMEZ.

(Ils entrent par la gauche)

GOMEZ.

Avançons, viens! Ah! sois moins tourmentée...

CASILDA, *à part et avec tristesse.*

Quand je t'ouvre les bras,
A mon âme agitée,
Tremblante, inquiétée,
Alphonse, tu ne réponds pas !

GOMEZ.

Ranime ton courage...
Il viendra... Mais tu verseras des pleurs.
Rappelle-toi ces signes précurseurs,
Quand je disais : d'un ingrat qui t'outrage
N'encense point l'image !

CASILDA.

Tais-toi?.. tu me ferais mourir...

GOMEZ.

Du sort qu'il te prépare il fallait t'avertir.

CASILDA.

Alphonse, ò mon charme suprême,
Parais, resplendis à mes yeux ;
Et sur mon cœur, comme Dieu même
Verse des secours généreux !

GOMEZ.

Eh bien! tu verras le parjure,
Plonger le fer dans ta blessure...
Son oubli sera dévoilé...
Tu le verras; observe, épie,
Et dut-il m'en coûter la vie
Gomez t'aura tout révélé.

CASILDA.

Impossible!..

GOMEZ.

Ta tendresse t'égare...
Crois en mes transports jaloux.

CASILDA.

Non, ton amour se déclare
Par la voix du courroux !
Son doux regard, sa voix si tendre,
Ne sauraient tromper, ni mentir!
Quand l'Éternel se fait entendre,
Quand son Ange semble descendre,
Ce serait donc pour nous trahir !

ENSEMBLE.

CASILDA.

Je crois à sa noble parole
Et ne briserai pas l'idole
Que mon cœur veut chérir !

GOMEZ.

Je te l'ai dit, l'ingrat t'immole!
Tu le veux!.. Ton bonheur s'envole,
Mais songe au repentir.
(On entend sonner minuit.)

GOMEZ, *écoutant.*

On vient!.. Voici la douzième heure!..
Ce sont eux... J'entends leurs pas...
(Montrant des massifs qui se trouvent à droite.)
Derrière ces massifs demeure...
Les voici... Ne bouge pas!..

(Casilda va se cacher derrière les massifs ; Gomez voyant paraître Donna Anna et Alphonse, au deuxième plan à droite, sort par le fond, dans la direction du palais.)

SCÈNE II.

DONNA ANNA, ALPHONSE.

DONNA ANNA.

Restons ici, nul ne pourra surprendre
Votre secret que je brûle d'apprendre.

ALPHONSE.

Anna, vous allez tout savoir,
L'honneur me le prescrit et m'en fait un devoir.
Le duc d'Arcas, seul auteur de ma peine,
Dans son dépit, dans sa jalouse haine,
Me poursuivait de discours insultants!...
Il m'en devait raison !

DONNA ANNA, *avec anxiété.*

O mon Dieu! Je comprends !...

ALPHONSE.

Bientôt son bras avide,
M'attaque avec fureur...
J'ai frappé le perfide,
Pour venger votre honneur!

DONNA ANNA.

Malheureux !

ALPHONSE.

Du gouverneur, d'Arcas était l'intime.

DONNA ANNA.

Ciel!...

ALPHONSE.

L'exil racheta le sang de ma victime.

ENSEMBLE.

ALPHONSE.

Dirai-je que le Ciel m'ait voulu protéger?...

DONNA ANNA.

Et dans le désespoir. le sort vint me plonger!...

ALPHONSE.

On prononça ma mort!...
Condamné, poursuivi, mon salut fut la fuite!

DONNA ANNA, *avec douleur.*

Mon cœur connaît la suite!...
(Elle regarde autour d'elle avec inquiétude.)
Est-ce un vertige?... Est-ce un transport?
Écoutez ces soupirs!... Serait-ce un coup du sort?

ALPHONSE, *cherchant à la rassurer.*

L'oiseau qui regagne son gîte...
Un nid qui tressaille d'amour..

DONNA ANNA.

Soudain quelle frayeur m'agite.
La mort plane sur ce séjour!

ALPHONSE.

Le rossignol chante et soupire,
Quand la douteuse étoile luit...

DONNA ANNA.

La plainte nait dans un sourire...
Et ce n'est pas le vent qui bruit.

ALPHONSE.

Que cette plainte et cette brise,
Nous reportent au temps heureux
Où l'amour que Dieu favorise
Provoquait de tendres aveux.

DONNA ANNA.

Aux jours où dans la paix profonde
On croit au bonheur éternel!

ALPHONSE.

Où le temps s'enfuit comme l'onde,
Où sur la terre on voit le ciel.

ENSEMBLE.

DONNA ANNA *et* ALPHONSE.

Beau rossignol, dans le feuillage,
Chante encore, ose soupirer;
Car de l'amour, c'est le langage...
Avec toi laisse-moi pleurer!..

(*Alphonse* baise avec respect la main de *Donna Anna*;
à ce moment *Casilda* écarte le feuillage et s'approche de
Donna Anna sans que celle-ci s'en aperçoive. — *Donna
Anna* qui a entendu un léger bruit se retourne et dit à
Alphonse.)

DONNA ANNA.

On vient... Fuyez!.. O le destin m'accable!..
Pourtant, mon Dieu, je ne suis point coupable!

ALPHONSE, *tirant son épée.*

Pour égide vous avez mon honneur!..
Sur l'indiscret retombe ma colère...
Malheur à lui!.. malheur au téméraire!..

(En disant ces derniers mots, Alphonse a fait asseoir
Donna Anna sur un banc de pierre placé à gauche, puis
il s'éloigne précipitamment par la droite. *Donna Anna*
fait quelques pas et le suit des yeux; à ce moment *Casilda*
s'avance et l'arrête.)

SCÈNE III.

DONNA ANNA, GASILDA.

CASILDA.

Restez!.. Restez, Madame, ou craignez ma fureur!

DONNA ANNA, *la reconnaissant.*

Casilda... vous!..

CASILDA.

Oui, Casilda! Courbez la tête,
Car enfin j'ai tout découvert!
(Montrant le palais)
Là se prépare la tempête...
Ici l'abime est entr'ouvert!..

DONNA ANNA.

Que voulez-vous?..

CASILDA.

Épouse criminelle,
Osez vous le demander,
Quand d'une chaîne éternelle
On veut me déposséder?...
Alors que l'espoir chancelle,
Au cœur sait-on commander?..

DONNA ANNA.

Comment puis-je vous trahir?

CASILDA.

Plus de feinte..
Qui vous inspire quelque crainte?..
Vous, qui d'un trop crédule époux,
Ne redoutez pas le courroux?..
Ces nœuds sacrés qui nous liaient, barbare,
Ils sont rompus... Le crime nous sépare...
Votre cœur rebelle à sa foi
Ne peut plus ressentir que l'horreur et l'effroi.

DONNA ANNA.

Quelle rage!.. O désespoir!.. Que faire?
Alphonse!..

CASILDA.

Ah! ce seul nom redouble ma colère!
C'est votre amour qui vient armer mon bras,
Et cet amour dicte votre trépas.
Tremblez!.. Ma haine est trop justifiée
Car vos pleurs ne l'ont point rassasiée...
A mon amant, pour prix de votre ardeur,
Sanglant, brisé, j'offrirai votre cœur!..
(*Casilda* saisissant le poignard quelle porte à la ceinture
veut se précipiter sur *Donna Anna.*)

DONNA ANNA, *cherchant à lui échapper.*

Grâce!.. Grâce!.. ô mon Dieu!.. Quelle démence.
(*Alphonse* accourt par la droite.—*Don Louis* et *Gomez*
entrent par le fond.)

SCÈNE IV.

LES MÊMES.— ALPHONSE, DON LOUIS, GOMEZ,
puis les INVITÉS, *les gardes et les pages portant
des flambeaux.*

ALPHONSE, *arrachant le poignard des mains de
Casilda et la suppliant.*

Casilda!..

2

CASILDA, *le repoussant.*

Non!

GOMEZ, *à part.*

Mon triomphe commence!

DON LOUIS.

Parlez!.. Parlez!.. Anna!.. Casilda!... Vous?..
Qu'arrive-t-il?.. Pourquoi ce cri d'alarme?..
Pourquoi tremblante?..

GOMEZ, *montrant Casilda qui a repris son poignard.*

Et dans sa main une arme!..

DON LOUIS, *à Donna Anna.*

Répondez, je le veux! C'est l'ordre d'un époux!

FINAL.

ENSEMBLE.

DON LOUIS.

Pourquoi vouloir vous taire
Dans ce fatal moment?..
Ce terrible mystère
Redouble mon tourment

DONNA ANNA.

Quelle aveugle colère,
Et quel égarement...
Mais d'un courroux sévère
Je crains le châtiment!

CASILDA.

Mon Dieu, que ta lumière,
M'éclaire en ce moment!..
Maîtrise ma colère,
Et mon égarement.

ALPHONSE, *montrant Casilda.*

Saura-t-elle se taire
En ce fatal moment,
Respecter le mystère
Et tenir son serment.

GOMEZ.

Leur amour téméraire
Reçoit son châtiment!..
La vengeance m'éclaire
Pour prix de mon tourment.

CHOEUR.

Parlez, pourquoi vous taire,
En ce fatal moment?..
Mais d'un courroux sévère,
Craignez le châtiment.

DON LOUIS, *à Alphonse.*

Rompez un cruel silence...
Pourquoi trembler et frémir?..
Pourquoi cette violence?..
Parlez, ou je vais punir!

CASILDA, *à Don Louis.*

Écoutez...

DON LOUIS, *désignant Alphonse.*

Non, lui seul.....

DONNA ANNA.

Je vous répète...

DON LOUIS, *aux gardes, montrant Alphonse.*

Qu'on le saisisse...

DONNA ANNA *et* CASILDA.

O désespoir!..

ALPHONSE, *tirant son épée.*

La mort au premier qui m'arrête!..

CASILDA, *à Donna Anna.*

Ah! sauvez-le?...

DONNA ANNA.

Je ferai mon devoir.

GOMEZ, *à Don Louis en montrant Alphonse.*

De son ardente tendresse
Excusez le souvenir...
En retrouvant la comtesse,
Fleur de beauté, de jeunesse,
Ne doit-il pas vous haïr!

ALPHONSE, *étonné.*

Eh! quoi...

CASILDA, *à Gomez.*

Traitre!...

GOMEZ, *à Casilda.*

Du silence,
Ou je le perds sans retour!..

ALPHONSE.

Rien n'égale ma souffrance!..

GOMEZ, *à Casilda.*

Oui, je le perds sans retour...

DONNA ANNA.

Dieu! pitié, pour mon amour!..

CASILDA.

Je le perdrais!..

ALPHONSE, *résigné donne son épée aux gardes
et dit en montrant Gomez :*

Il a dit vrai!..

GOMEZ *et* DON LOUIS, *aux gardes.*

Plus de clémence...
Qu'on l'enferme à la tour!

ALPHONSE.

En prison!.. Soit; qu'on m'enchaîne,
Qu'on me conduise à la mort!..
Je saurai subir ma peine
Je saurai subir mon sort!

ENSEMBLE.

DONNA ANNA.

Le malheureux qu'on entraîne
Se livre pour la sauver!..
J'espère briser sa chaîne,
Pour lui je veux tout braver!

GOMEZ.

Ah! je triomphe!.. On l'entraîne
Je puis enfin le braver...
Nul ne brisera sa chaîne...
Nul ne pourra le sauver!

CASILDA.

Le malheureux qu'on entraîne
Se livre pour me sauver.
Mais comment briser sa chaîne?
Le sort, comment le braver?

DON LOUIS.

A moi, gardes qu'on enchaîne
Celui qui veut me braver !..
Obéissez ! qu'on l'entraîne !
Rien ne pourra le sauver.

ALPHONSE.

Je me livre !.. Qu'on m'enchaîne,
Le sort, je puis le braver !..
Je saurai subir ma peine
Car j'espère la sauver !..

LE CHŒUR, *aux gardes.*

Obéissez ! qu'on l'entraîne !..
Rien ne pourra le sauver !..

(Sur un signe de *Don Louis* les gardes s'emparent d'*Alphonse*, qui se livre à eux sans résistance. *Donna Anna* se jette aux pieds de *Don Louis* ; *Casilda* en fait autant, mais elle est bientôt attirée par *Gomez*, qui lui saisit le bras et veut violemment l'entraîner. — Le rideau baisse.)

FIN DU TROISIÈME ACTE.

ACTE QUATRIÈME.

PREMIER TABLEAU.

LE DÉPART.

Le théâtre représente un site agreste aux environs de Séville. — Campement bohémien. — Au deuxième plan à droite, une tour servant de prison et faisant partie d'un château-fort. — Lever de soleil.
Casilda est couchée sur une natte, *Gomez* est à ses côtés, les Bohémiens occupent le fond. — Au lever du rideau réveil du camp ; trompettes dans la coulisse.

SCÈNE PREMIÈRE.

CASILDA, GOMEZ, BOHÉMIENS.

CHŒUR.

Forêt sous ton dôme on repose,
Lorsque l'aube de retour
De son haleine de rose
Parfume nos rêves d'amour !
La nuit a replié ses voiles,
    Et l'éclat du soleil,
Dissipe les tendres étoiles
Qui parsemaient le Ciel.
    (Tout le monde s'agenouille.)
    Sainte puissance
    Du Créateur ;..
Pour tous implorons sa clémence.
Chantons son règne et sa grandeur !
(Après le chœur, les Bohémiens se lèvent et forment des groupes épars. *Gomez* seul reste auprès de *Casilda*.)

CASILDA, *rêveuse.*

Que la vie a d'orages !..
Que le monde est semé
D'écueils et de naufrages,
Pour un cœur alarmé,

. . . .

Et c'est dans le silence
Que doivent s'engloutir
Mes larmes, ma souffrance,
Un fatal souvenir !..
J'éteindrai cette flamme,..
Mon Dieu, j'obéirai...
Elle seule m'enflamme...
J'oublierai... Je mourrai !...

GOMEZ, *à ses compagnons.*

Alerte ! compagnons, alerte !
Préparez-vous, il faut partir.
La plaine est déserte ;
La route est ouverte,
Mais elle est longue à parcourir.
Hâtons-nous, voici l'aurore,
    (S'adressant à l'un d'eux.)
Toi Pedro, selle nos coursiers...
    (à Casilda.)
    Casilda, que j'adore !
Courage ! Marchons les premiers.

CASILDA, *s'éloignant de lui.*

Non, j'appréhende votre atteinte !..

GOMEZ.

Sèche tes pleurs, bannis la plainte !..
Peux-tu lutter contre la loi du sort ?

CASILDA.

Me séparer de lui, c'est la mort !

GOMEZ.

Que dis-tu !.. Dieu te rendra le calme...
Roseau par l'orage abattu...
Viens ta main cueillera la palme...
Le bonheur te sera rendu !

(Tout le monde, hommes, femmes et enfants, suivis de fourgons chargés d'ustensiles et attelés de chevaux et de mules se disposent à partir. — *Casilda* monte un cheval richement caparaçonné ; *Gomez* en fait autant.)

CHŒUR.

Partons !
Déjà l'aurore,
Orne et colore
La cime des monts.

Déjà ranimées,
Les fleurs tant aimées,
S'ouvrent parfumées,
Embaument les vallons!
Tendre brise matinale,
Toi, que rien n'égale,
Que ta fraîcheur virginale.
Ne s'altère pas!

Dieu dans un sourire
Montre son empire
Et semble nous dire :
Je guide vos pas!

(Marche; — musique sur la scène. — Tout le monde sort.)
— Changement à vue. —

DEUXIEME TABLEAU.

LA RÉPARATION.

Le théâtre représente le sombre cachot d'une prison.

SCÈNE II.

ALPHONSE, *seul.*

Casilda!.. Casilda!.. Céleste image!..
Illusion... Rêve trompeur...
Je croyais revoir son visage...
Mais non!.. Ce n'était qu'une erreur!

AIR.

Hélas! C'était une chimère,
    J'appartiens à ta loi!
Meurs avec moi, joie éphémère!
Il manque au Ciel une étoile pour moi.
Pourtant, Dieu de cette fange
Fît un pur et noble cœur,
Qu'anima la voix d'un ange,
Un seul rayon de chaleur.
Pourquoi briser sur sa tige
L'épi des champs près de fleurir?
En l'émondant, on néglige
La fleur près de s'épanouir.

(On entend dans le lointain le chant de départ des Bohémiens)

CHOEUR, *dans la coulisse.*
Partons, etc. (*reprise*).

ALPHONSE, *écoutant.*

O Ciel! à travers la bruyère,
J'entends la voix de Casilda...
Je voudrais fuir... Mais ma prière,
Hélas! nul ne l'exaucera!

. . . .

Grand Dieu, vers ces lieux on s'avance!
On vient!.. Ah! C'en est fait!..
On va lire ma sentence!..

(Accablé, *Alphonse* va s'asseoir sur un banc de pierre et demeure pensif.—*Don Louis* et *Donna Anna* entrent.)

SCÈNE III.

ALPHONSE, DONNA ANNA *et* DON LOUIS.

DON LOUS *et* DONNA ANNA.
ENSEBMLE.
Voyez notre regret,
Que votre âme loyale,

D'une erreur trop fatale
Daigne excuser l'effet!
DON LOUIS, *à Alphonse.*
Votre cœur sensible,
Ne doit voir en moi qu'un ami!
ALPHONSE.
Qu'entends-je?.. Est-il possible!
DON LOUIS, *lui tendant la main.*
Pour le passé : pardon, oubli?..
ALPHONSE, *avec joie.*
O Ciel!
DON LOUIS.
J'ai tout appris...
ALPHONSE, *avec incertitude.*
Eh bien?.. pardon, oubli!
DON LOUIS.
Trompé par un conseil perfide,
La vengeance fût mon guide...
Mais je puis tout réparer.
ALPHONSE.
Vous me serviriez d'égide?..
DON LOUIS.
Votre bonheur je veux l'assurer!..
DONNA ANNA.
A sa blessure
Ruy d'Arcas échappa!
Et votre grâce... la voilà.
(Elle lui remet un parchemin.)
ALPHONSE, *avec joie.*
Pour l'avenir heureux augure!
DON LOUIS, *à Alphonse.*
Alphonse réhabilité
Retrouve avec son rang, ses biens, sa liberté!
ALPHONSE.
Mon Dieu! mon Dieu! si c'est un rêve,
Fais que jamais il ne s'achève!..
Mais Casilda,
Toi que mon cœur adore!..
Où donc es-tu?..
DON LOUIS.
Nous pouvons la rejoindre encore,
Bientôt elle vous reverra.
(Ils sortent tous les trois.)
— Changement à vue. —

TROISIÈME TABLEAU.

LES FIANÇAILLES.

Le théâtre représente un riant paysage; ça et là quelques habitations. Au fond, à droite, on aperçoit le clocher d'une église, qui est en partie cachée par les montagnes et d'où partent le son des cloches et des chants religieux. Des guirlandes de fleurs, des banderolles, etc. etc., semblent annoncer les préparatifs d'une fête. — Tables, sièges, etc.

SCÈNE IV.

CHOEUR, *avec accompagnement d'orgue, dans la coulisse.*

> Seigneur que notre prière
> Monte jusqu'à l'Éternel!
> Ouvre l'asile salutaire
> Qu'offre ton sein paternel!

(*Rosita* et *Peblo*, tous deux en costume de fiancés sortent de l'église. Ils sont suivis de nombre d'invités, auxquels viennent s'adjoindre une foule de paysans, hommes et femmes, qui entrent de divers côtés.)

SCÈNE V.

ROSITA, PEBLO. — INVITÉS, PAYSANS.

ROSITA.

> Après les divins offices,
> Et les cantiques bénis,
> Le bonheur et ses délices,
> Ici nous ont réunis.

(Des garçons et quelques jeunes filles, distribuent des verres et offrent du vin.)

CHOEUR.

> Coupe remplie,
> Minois malin,
> Par eux la vie,
> Est embellie!
> En leur honneur, versez le vin!..
> Fêtons l'amour! Fêtons l'hymen!

PEBLO.

> Rien n'égale mon allégresse!
> Amis, jusqu'à la fin du jour,
> Chantons, buvons!.. Heureuse ivresse!
> Fêtons l'hymen, fêtons l'amour!

CHOEUR, *félicitant Peblo.*

> Femme jolie,
> Bonheur certain,
> Telle est sa vie
> Tendre et fleurie!
> En son honneur, versez le vin!..
> Fêtons l'amour! Fêtons l'hymen!..

(Cette dernière phrase est répétée dans la coulisse, le chœur ajoute.)

> Un écho!..

ROSITA, *écoutant.*

> Vraiment!.. Faisons silence!..

PEBLO, *qui est allé regarder au deuxième plan.*

Des Bohémiens!.. C'est Gomez! vers ces lieux il s'a-
[vance!

(A Gomez qui entre avec ses compagnons.)
> Salut à vous! par vos chants, par vos jeux,
> Veuillez combler mon espérance?..
> De mon bonheur soyez heureux!..

SCÈNE V.

LES MÊMES. GOMEZ, BOHÉMIENS, *puis* CASILDA.

GOMEZ, *à Peblo.*

> Pardon, il faut que je refuse...
> Dans l'instant nous allons partir!

ROSITA, *à Gomez.*

> Un jour d'hymen on n'admet point d'excuse...
> Pour résister n'employez pas la ruse...
> Rien qu'un couplet, un pas?.. Cédez à mon désir.

GOMEZ, *à Rosita.*

> Comment ne pas vous obéir!

DIVERTISSEMENT

(*après la danse.*)

GOMEZ.

COUPLETS.

1.

> Chatez, car mon âme
> A vécu d'amour;
> J'ai connu sa flamme,
> Ce bonheur d'un jour!
> Nulle terre n'est belle,
> Où l'on n'a pas aimé...
> Mais un autre a charmé
> L'inconstante hirondelle!

> . . . .

> Tu pleures en vain...
> Redis ton refrain,
> Pauvre Bohémien!
> Pour tant de charmes

> . . . .

> Pour tant d'attraits,
> Cachons nos larmes
> Et nos regrets!
> Mon cœur espère,

> . . . .

> Il peut retenir,
> Avec mystère,
> Un souvenir!

2.

> Cette ombre lointaine,
> Sylphe coustant

Allège ma peine,
Calme mon tourment!

. . . .

Mot d'amour, sur le sable,
Par l'espoir retracé
Et sitôt effacé,
Par la bise implacable!

. . . .

Tu pleures, etc.

(Casilda est entrée; elle a entendu la fin du chant de *Gomez* et demeure pensive sur le devant de la scène. — Après les couplets de *Gomez, Don Louis, Donna Anna* et *Alphonse* entrent par la droite. — *Alphonse* perce les groupes des Bohémiens et vient se précipiter aux pieds de Casilda.)

SCÈNE VII ET DERNIÈRE.

LES MÊMES. — CASILDA, ALPHONSE, DONNA ANNA, DON LOUIS, BOHÉMIENS, SUITE DU COMTE, PAYSANS, GARDES, ETC.

CASILDA, *à Alphonse.*
Juste Ciel!.. Alphonse!.. Toi!..

ALPHONSE.
    Tendre amie,
Envers nous combien le sort fut cruel!..
Mais pardonne?..

CASILDA, *tenant la main à Alphonse.*
   Ah! n'es-tu donc pas ma vie...

GOMEZ *à part.*
Tendresse, amour, quand naît la jalousie,
Vous n'êtes plus qu'un orage éternel!

ALPHONSE, *à Casilda.*
Mon être se transforme!
Ange, règne sur moi!

CASILDA, *à Alphonse.*
Mon cœur à toi se donne,
Il ne bat que pour toi!

ALPHONSE *et* CASILDA.
Idole chaste et pure,
Au front resplendissant,
L'âme en te respirant
Se console et s'épure!

(*Casilda* se dégage des bras d'*Alphonse*, s'incline devant *Don Louis* et va se jeter aux genoux de *Donna Anna*.)

CASILDA, *à Donna Anna.*
Hélas! qu'un pardon généreux
Madame, exauce tous mes vœux!

DONNA ANNA, *la relevant.*
Chère enfant, je l'atteste,
L'hymen, va former vos liens!
Oubliez un revers funeste
Avec l'amour, son cœur vous reste;
(Montrant Alphonse.)
A vous son nom, son rang, ses biens!

ALPHONSE, *à Casilda.*
Cette douce parole
Ma Casilda, tu l'entendras :
« Je suis l'ange qui console,
» Beau lys, tu me répondras;
» Car sur ta blanche corolle,
» J'inscris : — ne m'oubliez pas! »

CASILDA, *à Alphonse.*
Qui voudrait repousser ou briser cette chaîne!

ENSEMBLE.
CASILDA, DONNA ANNA, ALPHONSE, DON LOUIS, ROSITA, PEBLO *et le* CHŒUR.
Le cœur résiste-t-il lorsque l'amour l'enchaîne!
Alphonse a dissipé l'orage et la douleur!..
  Sourit au bonheur,
  Tendre fleur!

(Tableau final. — Le rideau baisse.)

FIN DU QUATRIÈME ET DERNIER ACTE.

OUVRAGES DU MÊME AUTEUR.

STABAT MATER, traduit du latin et mis en vers français, musique de Rossini.

LES CAPULETS ET LES MONTAIGUS ou ROMEO ET JULIETTE (*I Capuletti*), grand-opéra en quatre actes (traduit de l'italien), musique de Bellini et de Vaccaë.

LE FURIEUX DE L'ILE DE SAINT-DOMINGUE (*Il Furioso*), grand-opéra en trois actes (traduit de l'italien), musique de Donizetti.

HENRIETTE D'ENTRAGUES ou UN PACTE SOUS PHILIPPE III (*Il Giuramento*), grand-opéra en quatre actes, musique de Mercadante.

GEMMA DE VERGY, grand-opéra en trois actes (traduit de l'italien), musique de Donizetti.

NABUCHODONOR, grand-opéra en quatre actes (traduit de l'italien, musique de Verdi.

LES NORMANDS A PARIS (*I Normanni*), grand-opéra en quatre actes, (traduit de l'italien), musique de Mercadante.

JOANITA, grand-opéra en trois actes (en collaboration avec Ed. Duprez); musique de G. Duprez.

CASILDA LA BOHÉMIENNE, grrnd-opéra en quatre actes et six tableaux (traduit de l'allemand), musique de S. A. R. Mgr. le Duc-Régnant de Saxe-Cobourg-Gotha.

Nota. MM. les Directeurs de Théâtre qui auraient l'intention de faire représenter l'un ou l'autre de ces ouvrages, et qui dès lors voudraient se procurer les partitions et les parties d'orchestre, peuvent de même que pour l'opéra de Casilda, transmettre leurs demandes par *lettres affranchies*, à l'une des adresses indiquées sur le titre de cette pièce.